RÉGIS GIGNOUX

Le Kama Soutra

ou

il ne faut pas jouer avec le feu

COMÉDIE EN UN ACTE

PARIS
LIBRAIRIE THÉATRALE
11, BOULEVARD DES ITALIENS, 11

1922

Le Kama Soutra

ou

il ne faut pas jouer avec le feu

COMÉDIE EN UN ACTE

Représentée pour la première fois, le 25 mars 1922,
au Théâtre du GRAND-GUIGNOL.

RÉGIS GIGNOUX

Le Kama Soutra

ou

il ne faut pas jouer avec le feu

COMÉDIE EN UN ACTE

PARIS
LIBRAIRIE THÉATRALE
11, BOULEVARD DES ITALIENS, 11

1922

A CAMILLE CHOISY

Son Ami

R. G.

PERSONNAGES

MONSIEUR BÉROUTE, 45 ans....	MM.	SCOTT.
JEAN, son fils, 17 ans..............		GOBET.
MADAME BÉROUTE, 43 ans......	Mmes	DAURAND.
MARCELLE, leur nièce, 16 ans.....		DE BEDTS.
MADAME VERMEUIL, 29 ans....		GONZALVES.
ANTONIA, bonne à tout faire, 20 ans.		MANON LORME

Le Kama Soutra

ou

il ne faut pas jouer avec le feu

Une salle à manger, à la campagne. Dix heures du matin. Au fond, porte-fenêtre ouvrant sur le jardin ensoleillé. A droite et à gauche, second et premier plan, portes, l'une sur la chambre de M. Béroute, l'autre sur la cuisine. Ameublement de salle à manger ; au centre, un canapé avec coussins.

SCÈNE PREMIÈRE

MONSIEUR BÉROUTE, MADAME BÉROUTE.

M. Béroute lit son journal. Tenue un peu débraillée du matin, à la campagne. Madame Béroute, un chiffon à la main, et son index pointant sous l'étoffe, récure les moulures du buffet.

MADAME BÉROUTE, découvrant de la poussière.

Oh ! oh ! encore !

MONSIEUR BÉROUTE, lisant son journal et exprimant son opinion politique.

Encore... Encore...

MADAME BÉROUTE, même jeu.

Toujours la même chose !

MONSIEUR BÉROUTE, même jeu.

Même chose... même chose...

MADAME BÉROUTE.

Ce n'est plus de la mollesse !

MONSIEUR BÉROUTE.

Mollesse... mollesse...

MADAME BÉROUTE, s'adressant à son mari.

C'est de la mauvaise volonté !

MONSIEUR BÉROUTE, répondant à sa femme.

Non. Poincaré * est paralysé par les concessions de ses prédécesseurs.

MADAME BÉROUTE.

Poincaré ?...

MONSIEUR BÉROUTE.

C'est lui, maintenant, qui cède aux Anglais.

MADAME BÉROUTE.

Aux Anglais ! (Elle comprend, elle vient mettre son chiffon sous le nez de son mari.) Mais je te parle d'Antonia. Elle est de plus en plus sale !

MONSIEUR BÉROUTE.

Mets-la à la porte.

MADAME BÉROUTE.

Tu m'en trouveras une autre ! Il y a tant de bonnes qui consentent à venir à la campagne !

---

* Le nom du Président du Conseil et celui de son collègue anglais seront modifiés selon l'alternance et l'actualité politiques.

MONSIEUR BÉROUTE.

Alors, garde-la jusqu'à la fin des vacances.

MADAME BÉROUTE.

Bien forcée... A moins qu'elle ne recommence ce qu'elle a fait hier... (M. Béroute reprend son journal.) Hier soir... (Du jardin, par la porte-fenêtre qui est ouverte, arrivent les voix joyeuses des enfants jouant au tennis : 15-30... 30 à... 30-40... Jeu !) Que ces enfants sont agaçants ! Ils jouent au tennis dès qu'ils sont levés ! (Reprenant sa voix basse et confidentielle.) Hier soir, Antonia est restée jusqu'à dix heures à batifoler avec le garçon de la ferme devant la porte de la grange...

MONSIEUR BÉROUTE.

Tant qu'ils batifoleront devant la porte, ne t'inquiète pas.

Il reprend son journal.

MADAME BÉROUTE.

Toi, il faut que les choses te crèvent les yeux. Je vais envoyer Antonia à la ferme. Tu verras le temps qu'elle mettra... (Allant à la porte et appelant :) Antonia !

M. Béroute hausse les épaules. Entre Antonia, fille de belle mine et de bonne humeur.

SCÈNE II

MONSIEUR et MADAME BÉROUTE, ANTONIA.

MADAME BÉROUTE, montrant son chiffon.

Vous avez bien fait le ménage !

ANTONIA.

Je n'ai pas eu le temps, madame. M. Jean et mademoiselle Marcelle ont déjeuné à sept heures et demie ; et après, j'ai...

MADAME BÉROUTE.

Pas d'histoires... Etes-vous allée à la ferme prendre vos légumes pour le pot-au-feu ? Non. Allez-y !

ANTONIA.

Bien, madame.

Avant de sortir, elle veut passer sur le buffet le pan de son tablier.

MADAME BÉROUTE, la poussant dehors.

Allez-y tout de suite !

ANTONIA.

Oui, madame.

Elle sort.

SCÈNE III

MONSIEUR et MADAME BÉROUTE.

MADAME BÉROUTE.

Tu vois, si elle se le fait dire deux fois... (Allant à la porte.) Mais, attends, ma fille, je vais te surveiller, moi !

MONSIEUR BÉROUTE, qui veut lire son journal.

C'est ça... Va la surveiller ! va...

MADAME BÉROUTE.

Tu ne t'installes pas dans le jardin ?

MONSIEUR BÉROUTE.

Pour recevoir une balle de tennis en pleine figure... (Voix au dehors : 15... 15 à...) Entends-les !

LES MÊMES VOIX, du jardin.

... 30-15... 30-40... Jeu !

MADAME BÉROUTE, arrachant le journal des mains de son mari.

Tu ne vas pas empêcher ces enfants de jouer ? Ce serait stupide. Voilà un grand garçon et une grande fille qui, à force de courir et de sauter, n'ont pas le temps de penser à mal faire... je les ai surveillés... Tu peux te fier à moi. Deux garçons !

MONSIEUR BÉROUTE.

Tant mieux... C'est parfait...

MADAME BÉROUTE.

Mais, puisque tu veux lire tranquillement, tu vas voir comme c'est facile... (Elle va à la porte-fenêtre et crie :) jouez plus doucement, les enfants... ne vous agitez pas comme des fous... Et ne criez plus... Vous empêchez votre père de lire son journal... (Elle revient à son mari et lui rend son journal.) Tu vois comme c'était malin !... Ils se taisent... Tu peux lire tranquillement... il ne te manque rien... tu es content... Eh bien ! lis, lis... mais lis !

Elle sort.

SCÈNE IV

MONSIEUR BÉROUTE, JEAN, MARCELLE.

M. Béroute déploie son journal ; mais Jean et Marcelle, en costume de tennis, entrent par la porte-fenêtre, et entourent le canapé sur lequel est assis M. Béroute.

JEAN, **arrivant à sa droite.**

Qu'est-ce que tu veux, papa ?

MONSIEUR BÉROUTE, **agacé.**

Je ne veux rien.

MARCELLE, **à gauche, et lui tendant son front.**

Bonjour, mon oncle, vous avez passé une bonne nuit ?

MONSIEUR BÉROUTE, **l'embrassant.**

Très bonne, mon petit, merci.

JEAN.

Ça te gêne, papa, qu'on joue au tennis ?

MONSIEUR BÉROUTE.

Non... mais joue avec plus de grâce, plus de mollesse... tu fatigues Marcelle...

MARCELLE.

Mais non, mon oncle...

MONSIEUR BÉROUTE.

Si... si... allez... allez jouer, mais tout doucement...

JEAN.

Bon, papa... (A Marcelle, avec une lenteur exagérée.) Play?

MARCELLE, même ironie.

Go...

Ils sortent dans le jardin.

SCÈNE V

MONSIEUR BÉROUTE, puis MADAME BÉROUTE.

MONSIEUR BÉROUTE, lisant enfin son journal.

M. Poincaré a déclaré à lord Curzon que le Gouvernement français maintenait formellement son point de vue, tout en se déclarant prêt à étudier dans le plus large esprit de conciliation les contre-propositions de M. Lloyd George... Les étroites relations d'amitié qui...

Madame Béroute est entrée et lui arrache le journal.

MADAME BÉROUTE, la voix étranglée.

Jules, es-tu père de famille, oui ou non?

MONSIEUR BÉROUTE.

Quoi?

MADAME BÉROUTE.

Veux-tu protéger la vertu de ton fils et l'innocence de la fille de ta sœur?

MONSIEUR BÉROUTE.

Mais, explique-toi !

MADAME BÉROUTE, montrant un livre qu'elle cachait derrière son dos.

Voilà ce que j'ai trouvé dans la chambre d'Antonia.

MONSIEUR BÉROUTE.

Qu'est-ce que c'est? Un livre ?...

MADAME BÉROUTE.

Et de prix !

MONSIEUR BÉROUTE.

Elle a eu un prix ?

MADAME BÉROUTE, tendant le livre.

Regarde et tu n'auras plus envie de plaisanter !

MONSIEUR BÉROUTE, ouvrant le livre.

Oh !... Oh !...

MADAME BÉROUTE.

Tu vois cette cochonnerie !

MONSIEUR BÉROUTE, lisant la première page.

Kama Soutra, manuel d'érotologie hindoue... (A sa femme.) Erotologie !

MADAME BÉROUTE.

Et hindoue !

MONSIEUR BÉROUTE, compulsant le livre.

Et ces gravures, oh... ces gravures...

MADAME BÉROUTE, lui prenant le livre.

Tu les as assez regardées !

MONSIEUR BÉROUTE.

Il faut bien que je me rende compte.

MADAME BÉROUTE.

Ça t'intéresse...

MONSIEUR BÉROUTE, lui reprenant le journal.

Moi... ô ma pauvre femme... rends-moi mon Poincaré.

MADAME BÉROUTE.

Quoi... voilà toute ton indignation... Ça ne te suffit pas le *Kama Soutra*... il y a mieux... (Lisant la table des matières.) Suivi des meilleurs passages de *Gamiani*, de *l'Amateur des chaussures*, des *Rêves d'un Flagellant*... (Elle lui donne le livre avec un grand dégoût.) Toutes ces ordures sous le matelas de ta bonne !

MONSIEUR BÉROUTE.

Où a-t-elle pu trouver ça ?

MADAME BÉROUTE.

Dans le lunapar d'où elle sort.

MONSIEUR BÉROUTE.

Je croyais qu'elle nous avait été envoyée par les Bonnes Sœurs de la Délivrance.

MADAME BÉROUTE.

C'est vrai... Oh ! l'hypocrite... Je pense que tu ne vas pas la garder une minute de plus...

MONSIEUR BÉROUTE.

Evidemment... mais sous quel prétexte ?... Tu ne peux pas lui dire que tu as fouillé sous son matelas...

MADAME BÉROUTE.

Doit-on une explication à ces dévergondées ?

MONSIEUR BÉROUTE.

Mais si elle te demandait son livre ?...

MADAME BÉROUTE.

Je lui dirai de le réclamer à la gendarmerie. Attention, les enfants... cache-le !

MONSIEUR BÉROUTE, assis sur le canapé et se levant.

Le cacher... et où ?...

Il essaie vainement de faire entrer le livre dans sa poche, et voyant entrer Jean et Marcelle, il le met sous son derrière.

SCÈNE VI

MONSIEUR et MADAME BÉROUTE, JEAN, MARCELLE.

MADAME BÉROUTE.

Qu'est-ce que vous venez faire ici, les enfants? Pourquoi cessez-vous de jouer?

JEAN.

Papa ne veut pas qu'on se fatigue.

MONSIEUR BÉROUTE.

Un gaillard comme toi, tu te fatigues ! Tu n'as pas honte !

MADAME BÉROUTE.

On va vous payer des raquettes, des balles et un filet pour que vous vous tourniez les pouces ! Allez jouer ! (A sa nièce.) Je n'aime pas les enfants qui ne savent que faire dès le matin.

MARCELLE.

Je voulais vous demander, ma tante, si vous n'avez pas besoin de moi ?

MADAME BÉROUTE.

Aucun besoin. Allez jouer... Hardi ! Un grand match !

JEAN, à Marcelle, en gagnant le jardin.

Qu'est-ce qu'ils ont ?

MARCELLE, même mouvement.

Ton père a caché quelque chose.

JEAN.

Un cadeau... une surprise... faudra voir...

MADAME BÉROUTE et MONSIEUR BÉROUTE, ensemble.

Allez jouer, les petits, allez jouer !

Jean et Marcelle sortent.

SCÈNE VII

MONSIEUR et MADAME BÉROUTE.

MONSIEUR BÉROUTE, reprenant le livre sous son derrière.

D'un peu plus, ils le voyaient...

MADAME BÉROUTE.

Il n'aurait plus manqué que ça... Tu vas me cacher cette horreur.

MONSIEUR BÉROUTE.

Où ?

MADAME BÉROUTE.

Là-haut, dans le tiroir où tu mets ton revolver... Tu as la clef ?

MONSIEUR BÉROUTE, sur un mouvement de sortie.

Oui.

MADAME BÉROUTE, l'arrêtant.

Non. Va le jeter dans l'étang...

MONSIEUR BÉROUTE.

Il flottera.

MADAME BÉROUTE.

Attache une pierre.

MONSIEUR BÉROUTE.

Si la ficelle casse, vois-tu qu'on nous le rapporte à déjeuner !

MADAME BÉROUTE.

Alors, il faut le brûler dans le fourneau !

MONSIEUR BÉROUTE.

Ça, c'est moins bête... (Il va à la porte de la cuisine, l'ouvre, mais revient en hâte, son livre sur la poitrine.) Antonia est dans la cuisine !

MADAME BÉROUTE.

Déjà rentrée?

MONSIEUR BÉROUTE.

Ton garçon de ferme aurait dû la retenir davantage.

MADAME BÉROUTE, inquiète.

Elle se doute de quelque chose?...

MONSIEUR BÉROUTE.

Et après? Puisqu'on la fiche à la porte.

MADAME BÉROUTE.

Pas si vite! une fille qui se repaît de telles ordures est capable de tout.

MONSIEUR BÉROUTE.

Tu ne lui dis rien ?

MADAME BÉROUTE.

De la prudence...

MONSIEUR BÉROUTE.

Et le livre ?

MADAME BÉROUTE.

Mets-le dans ta poche.

MONSIEUR BÉROUTE, après nouvel essai.

Il est trop grand.

MADAME BÉROUTE, qui guette à la porte de la cuisine.

Attention ! Elle vient...

MONSIEUR BÉROUTE.

Où le cacher ?... Ah ! le canapé...

Il a à peine le temps de glisser le volume sous un coussin du canapé. A ce moment Jean qui est apparu une ou deux fois, à la porte fenêtre du jardin, découvre la cachette et s'éclipse. Entre Antonia.

SCÈNE VIII

MONSIEUR et MADAME BÉROUTE, ANTONIA.

ANTONIA, très simple et d'autant plus formelle.

Est-ce que madame voudrait me rendre mon livre ?

MADAME BÉROUTE, mielleuse.

Mais, ma bonne Antonia, je ne l'ai pas.

ANTONIA.

Si, madame.

MADAME BÉROUTE.

Mais non, ma petite Antonia.

ANTONIA.

Je suis sûre que c'est madame qui l'a pris.

MADAME BÉROUTE, de plus en plus mielleuse.

Mais, ma petite Antonia, je ne suis pas sortie d'ici... demandez à monsieur...

MONSIEUR BÉROUTE.

En effet.

MADAME BÉROUTE.

Pendant tout le temps que vous étiez sortie... et vous êtes vite revenue de la ferme!... cette fois-ci, c'est très bien, Antonia, je vous félicite, c'est très bien...

ANTONIA.

Alors, je ne sais plus où a passé mon livre... c'est peut-être M. Jean...

Elle fait un pas vers le jardin.

MADAME BÉROUTE, l'arrêtant.

M. Jean!... Vous êtes folle...

ANTONIA.

Mais, madame, je l'avais hier soir... j'en suis sûre... je l'ai vu...

Elle va vers le canapé, mais M. Béroute se dresse.

MONSIEUR BÉROUTE.

Il n'est pas là!

Et il s'assoit dessus.

MADAME BÉROUTE, venue à la rescousse.

D'ailleurs, ce ne serait pas sa place.

ANTONIA, désespérée.

Mais alors, où est-il ?... Il n'est pas dans la cuisine et la fermière ne l'a pas gardé.

MONSIEUR BÉROUTE.

La fermière ?

ANTONIA.

Oui, monsieur, je le lui laisse souvent... (Les Béroute échangent un regard d'indignation.)... pour qu'elle vérifie son compte de lait, de beurre, de légumes.

MADAME BÉROUTE, supérieure.

Ah ! c'est votre livre de cuisine ?

ANTONIA, naturelle.

Mais oui, madame !

MADAME BÉROUTE, sévère.

Et vous ne savez plus où vous l'avez mis ! Vous n'avez pas d'ordre, ma fille, pas d'ordre...

ANTONIA.

Mais, madame...

MADAME BÉROUTE.

Pas d'ordre ! (A M. Béroute.) C'est comme ça que tout se perd à la maison, les couverts, le linge... (A Antonia.) Samedi dernier, il manquait encore deux torchons ! Si je vous faisais payer tout ce qui disparaît vous ne l'auriez pas volé !

ANTONIA.

Ah ! non madame.

MADAME BÉROUTE, terrible.

Des insolences, maintenant ! Pas chez moi, mademoiselle... Vous allez me faire vos paquets.

ANTONIA.

Mais, madame !

MADAME BÉROUTE.

Je vais vous chercher votre livre, je vais vous le trouver, moi, et régler votre compte... (Elle pousse Antonia et entraîne son mari.) Ne me laisse pas seule avec elle !

Ils sortent, dès que la porte est refermée, Jean apparaît à la porte-fenêtre du jardin et se retourne avant d'entrer.

SCÈNE IX

JEAN, MARCELLE.

JEAN.

Ils sont partis...

MARCELLE, en entrant.

Tu as vu ce qu'ils cachaient ?

JEAN, allant au canapé.

Sur le canapé. (Il fouille sous les coussins et sort un livre.) Pfff ! ce n'est qu'un livre.

MARCELLE, désappointée.

Zut !

Elle se détourne.

JEAN, regardant la première page.

Le Kama Soutra.

MARCELLE, riant, innocente.

Quoi ?

JEAN.

Manuel d'érotologie hindoue.

MARCELLE.

Erotologie ? Qu'est-ce que ça veut dire ?

JEAN.

Heu... heu... ça vient du grec. *Eros*, amour, *logos*, science... érotologie hindoue, science de l'amour hindou.

MARCELLE.

L'amour hindou ? C'est de Kipling ?

JEAN, assis sur le divan, le livre restant sur le coussin.

Non !... je ne vois pas de qui c'est... Ah ! chic ! il y a des illustrations... Oh !... oh !...

Il referme le livre.

MARCELLE.

Fais voir...

JEAN.

Non...

MARCELLE.

Pourquoi...

JEAN.

Ce n'est pas pour toi.

MARCELLE.

C'est si inconvenant que ça ?

JEAN.

Oh ! oui.

MARCELLE.

Alors, n'y touche pas.

JEAN.

Si tu veux. (Il le remet sous le coussin, mais reste, hésitant, sur le canapé. Marcelle s'éloigne.) Tu t'en vas ?

MARCELLE.

Je monte dans ma chambre.

Fausse sortie.

JEAN.

Qu'est-ce qui te prend ? Tu boudes ?

MARCELLE, de la porte.

Tu es bête ! Je monte dans ma chambre.

JEAN.

On n'ira pas attendre le facteur, tous les deux ?

MARCELLE.

Si, tout à l'heure... Tu restes ici, toi ?...

JEAN, gêné.

Oui...

MARCELLE, revenant à lui.

Tu vas le regarder dès que je serai sortie.

JEAN.

Mais non.

MARCELLE.

Menteur !

JEAN.

Pourquoi menteur?

MARCELLE.

Je vois bien que tu en meurs d'envie.

JEAN.

Moi?

MARCELLE, dans les yeux.

Oui, toi.

JEAN.

Et toi aussi.

Il reprend le livre sous le coussin.

MARCELLE.

Si tu le regardes, je le regarderai.

JEAN.

Rien que tourner les pages.

Il les tourne.

MARCELLE, s'appuyant sur son épaule.

Laisse voir...

JEAN.

Non, ne regarde pas...

MARCELLE, penchée.

Si... Qu'est-ce que c'est?

JEAN.

C'est un... (Il cache la page avec sa main.) Non... non... ne regarde pas!

MARCELLE.

Si... (D'une voix étranglée.) Les différents baisers...

A ce moment, un léger bruit dehors : ils se séparent.

JEAN, a replacé le livre, d'un bond.

On vient!

MARCELLE, qui est remontée à la porte-fenêtre, redescend.

Mais non... personne... ce que tu as eu peur !

JEAN, lui prenant la main droite.

Oui... mets ta main sur mon cœur... il ne bat plus du tout...

Il respire.

MARCELLE.

C'est vrai... (Elle s'arrête et porte la main gauche à son sein.) Le mien, c'est tout le contraire...

JEAN, la main sur la poitrine de Marcelle.

Oh ! Marcelle, comme le tien bat vite... comme le tien bat vite...

MARCELLE.

Ne me touche pas !

JEAN.

Oh ! si... Marcelle. Comme il bat vite...

MARCELLE, le repoussant doucement.

Jean... tu es tout drôle... qu'est-ce que tu as ?

JEAN.

Je ne sais pas... j'étouffe, j'ai chaud, j'ai envie de pleurer et de t'embrasser...

Il la prend dans ses bras.

MARCELLE, se dégageant.

Laisse-moi, Jean... c'est mal...

JEAN.

Tu ne m'aimes pas, Marcelle...

MARCELLE, tendre.

Tu es bête !

JEAN.

Alors, embrasse-moi...

MARCELLE.

Non, il ne faut pas... il ne faut pas...

Un bruit de porte, ils sursautent.

JEAN.

Marcelle, Marcelle... partons !

MARCELLE.

Oui... oui...

Ils sortent en courant par la porte-fenêtre et le jardin.

SCÈNE X

MADAME BÉROUTE, MADAME VERMEUIL.

Madame Béroute a mis un chapeau et a pris une ombrelle; madame Vermeuil tient à la main un petit livre de messe

MADAME VERMEUIL.

Mais c'est insensé, ce que vous dites, chère madame; c'est insensé... Dans ces conditions je ne veux pas vous déranger... je venais en voisine, en sortant de la messe...

MADAME BÉROUTE.

Vous ne me dérangez pas... asseyez vous... nous avons bien cinq minutes avant le passage de l'autocar...

MADAME VERMEUIL.

L'épicier qui est en face de la sous-préfecture vous

trouvera une bonne plus sûrement que le boucher... Voyez aussi la receveuse des postes; elle a placé chez madame Tary une personne qui est très bien.

MADAME BÉROUTE.

Merci du renseignement... Oh! chère madame, dire qu'on a chez soi de pareils poisons!

MADAME VERMEUIL.

C'est insensé, c'est insensé... Dire que votre grand garçon ou votre nièce auraient pu...

MADAME BÉROUTE, *sautant sur le canapé.*

Vous m'avez fait peur... non... il est là!

MADAME VERMEUIL, *avec une indifférence feinte.*

Ah! l'objet est là...

MADAME BÉROUTE, *la main sous le coussin.*

Là-dessous.

MADAME VERMEUIL.

Vous avez raison de faire bonne garde.

MADAME BÉROUTE.

Et prompte désinfection... Ouste! dehors!... La créature a si bien compris qu'elle n'a pas osé me réclamer ses huit jours...

MADAME VERMEUIL.

Ni son livre?

MADAME BÉROUTE, *sortant le livre.*

L'horreur! Voyez ça!

MADAME VERMEUIL.

Mais c'est un assez beau livre, pas mal relié...

MADAME BÉROUTE.

Avec de ces images !

MADAME VERMEUIL.

C'est insensé... insensé...

MADAME BÉROUTE, remettant le livre sous le coussin.

On va le brûler.

MADAME VERMEUIL, désappointée.

Ah !... (Se reprenant.) Vous avez raison... Mais où trouve-t-on des livres pareils ?

MADAME BÉROUTE.

A Paris, évidemment.

MADAME VERMEUIL.

Il n'y a donc plus de police ?

MADAME BÉROUTE.

Pas plus de police que de bonnes mœurs et de religion... Après cinquante ans de République, il faut s'attendre à tout...

MADAME VERMEUIL.

C'est insensé... insensé...

MADAME BÉROUTE.

Voilà mon mari.

Entre M. Béroute.

SCÈNE XI

MADAME VERMEUIL, MONSIEUR et MADAME BÉROUTE.

MONSIEUR BÉROUTE.

Oh ! bonjour, madame Vermeuil... ma femme vous a raconté ?...

MADAME VERMEUIL.

Oui... quelle histoire... c'est insensé... insensé !

MONSIEUR BÉROUTE.

Croyez-vous ! (A sa femme.) Le char à bancs est dans la cour. Le fermier va descendre la malle d'Antonia et l'emmènera directement à la gare.

MADAME BÉROUTE, se levant.

Je ne veux pas revoir cette fille. (A madame Vermeuil.) Je la battrais! D'ailleurs, il faut que je guette l'autocar. Au revoir. (A son mari.) La fermière fera le déjeuner... Marcelle mettra le couvert, mais avant de l'appeler, brûle cette immondice.

Elle a pris le livre et le donne à son mari. Elle sort par le jardin.

MONSIEUR BÉROUTE, l'accompagnant de la voix.

Oui... oui... tout de suite... Et choisis bien...

MADAME BÉROUTE, revenant.

Brûle ! Brûle !

Elle sort.

SCÈNE XII

MADAME VERMEUIL, MONSIEUR BÉROUTE.

MADAME VERMEUIL.

Je n'ai jamais vu madame Béroute dans cet état.

MONSIEUR BÉROUTE.

Elle perd la tête... Elle me laisse avec ça dans les mains... c'est agaçant, à la fin... On a tout le temps envie de regarder... Ma femme n'a pas réfléchi que, maintenant, la fermière est devant le fourneau...

MADAME VERMEUIL.

J'y pensais...

MONSIEUR BÉROUTE.

Vous voyez les potins d'ici... la fermière dira que je brûle des papiers compromettants dès que ma femme est partie...

MADAME VERMEUIL.

Vos lettres d'amour...

MONSIEUR BÉROUTE, stupéfait.

Mes lettres d'amour, moi... voyons...

MADAME VERMEUIL, trop aimable.

Voulez-vous que je vous en débarrasse?... que j'aille le brûler chez moi?...

MONSIEUR BÉROUTE.

Oh! je n'oserai vous laisser de pareilles abominations...

MADAME VERMEUIL.

Dites donc... je suis une grande personne, j'ai vingt-neuf ans.

MONSIEUR BÉROUTE.

Vingt-neuf ans ! voyez ça !... je ne l'aurais jamais cru !... Vous vous vieillissez par vice...

MADAME VERMEUIL.

Flatteur... j'ai été mariée aussi... je sais ce que sont ces choses.

MONSIEUR BÉROUTE.

Non. Vous ne pouvez imaginer...

MADAME VERMEUIL.

Quoi ? *le Kama Soutra :* c'est hindou, c'est religieux, c'est sacré...

MONSIEUR BÉROUTE, gai.

Nous n'avons pas que le *Kama Soutra* ! nous sommes très bien assortis... (Montrant la deuxième partie du volume.) Nous avons aussi les meilleurs passages de *Gamiani*, admirablement écrits.

MADAME VERMEUIL.

Vraiment ? Il y a de véritables écrivains qui se plaisent à composer ces horre... ces fantaisies, comme il y a de véritables artistes pour les illustrer !

MONSIEUR BÉROUTE.

Gamiani est d'Alfred de Musset.

MADAME VERMEUIL.

D'Alfred de Musset !... le coquin ! moi qui l'adore ! (Elle veut prendre le livre.) Puisque c'est de Musset...

MONSIEUR BÉROUTE.

Je vous préviens que les illustrations sont encore pires... et le diabolique, c'est qu'elles sont d'un graveur extraordinaire, un Fragonard...

MADAME VERMEUIL, se penchant à son bras.

Vous n'êtes pas capable de faire abstraction du sujet, de ne voir que la finesse du dessin, le talent de l'artiste... à un point de vue purement esthétique?...

MONSIEUR BÉROUTE.

Purement? Non ! Eh ! non... non... il y a trop longtemps que j'ai ce livre dans les mains...

MADAME VERMEUIL.

Vous plaisantez?

MONSIEUR BÉROUTE.

Pas du tout... depuis que ma femme a fait cette merveilleuse découverte, j'ai l'impression de recommencer le numéro de Baggessen.

MADAME VERMEUIL.

Baggessen?

MONSIEUR BÉROUTE.

Le casseur d'assiettes... Ah!... c'est vrai... vous ne pouvez pas l'avoir vu... vous étiez trop jeune... et vous n'alliez pas aux Folies-Bergère... Quand Baggessen avait fini de casser des assiettes il revenait avec une feuille de papier collant dont il ne pouvait se dépêtrer... (Mimant avec le livre.) quand il libérait sa main droite, le papier collait à sa main gauche, à son coude, à son genoux, à ses pieds... partout... il trépignait, il s'agitait, il s'énervait...

MADAME VERMEUIL, près de lui.

Très drôle... et comment finissait-il ?...

MONSIEUR BÉROUTE.

Je ne me souviens plus... il partait avec son papier collant dans la coulisse.

MADAME VERMEUIL, prenant le livre.

Où quelqu'un faisait comme ça, tout simplement.

MONSIEUR BÉROUTE.

Mais ce quelqu'un devait être empêtré à son tour... c'est vous qui êtes prise, maintenant... c'est vous qui l'avez !

MADAME VERMEUIL, aguichante.

Venez le reprendre...

MONSIEUR BÉROUTE.

Gardez, gardez... c'est bien plus drôle...

MADAME VERMEUIL.

Voyez... je ne m'affole pas... (Elle ouvre le livre, regarde, soupire, referme, regarde M. Béroute en souriant, ouvre à nouveau les pages.) Oui, oh ! oh !... c'est un monstre. (Elle referme.) Vous aviez raison...

MONSIEUR BÉROUTE.

Qu'est-ce que je vous disais ?...

MADAME VERMEUIL, ouvrant à nouveau le livre.

Ceci... c'est... Ah ! des écoles d'amour, voilà qui est curieux... il y a donc des écoles d'amour dans les Indes... (Un temps.) C'est un beau pays...

MONSIEUR BÉROUTE, très près, dans son cou.

J'ai toujours rêvé de faire un voyage aux Indes...

MADAME VERMEUIL, reprenant le livre.

Tenez !... cette gravure est presque convenable... un Hindou... quoi ? c'est un Hindou...

MONSIEUR BÉROUTE, regardant et précisant.

Hum... Un bel Hindou.

MADAME VERMEUIL.

Vous n'avez jamais vu d'Hindous...

MONSIEUR BÉROUTE.

Tout nus, jamais.

MADAME VERMEUIL, langoureuse et pesant sur M. Béroute.

Il paraît que ce sont des hommes très doux, mais très ardents...

MONSIEUR BÉROUTE, se décidant.

Oui... oui... et avec des impulsions irrésistibles comme ça, voyez-vous, comme ça.

Il l'enlace et l'embrasse sur la bouche ; ils tombent sur le canapé.

MADAME VERMEUIL, pâmée, se reprenant un peu.

Oh ! c'est insensé, c'est insensé...

MONSIEUR BÉROUTE, d'abord ahuri par son audace.

Oui. (Puis se rallumant et se jetant à ses pieds.) Que vous êtes belle, que vous êtes belle !

MADAME VERMEUIL, se levant.

Mon ami, mon ami, on pourrait nous voir...

MONSIEUR BÉROUTE, l'entraînant.

Venez... là, dans ma chambre...

MADAME VERMEUIL, emportant le livre.

J'emporte les Hindous.

MONSIEUR BÉROUTE, sans la quitter.

Mais je suis un Hindou... je suis votre Hindou...

Ils sortent. La porte fermée, on entend dans le jardin la voix de madame Béroute.

SCÈNE XIII

MADAME BÉROUTE, JEAN, MARCELLE.

MADAME BÉROUTE, apparaît comme l'ange chassant Adam et Eve du paradis terrestre. Elle ramène par la main Jean et Marcelle tous deux rouges, décoiffés, penauds, tels qu'elle vient de les surprendre.

Petits malheureux ! petits malheureux ! je vais lui raconter comment je vous ai surpris. (A Marcelle, en la lâchant.) Toi, fille perdue, attends-moi là ! (A Jean en le poussant vers la porte de la chambre de M. Béroute.) Et toi, grand débauché, tu vas voir ton pauvre père... tu vas le voir ! (Elle ouvre la porte et la referme.) Ah ! le satyre ! Lui aussi !... Mais ils y vont donc tous à ce Kama-Soutra !

Rideau

Imprimerie Générale de Châtillon sur-Seine. — EUVRARD-PICHAT.

A LA MEME LIBRAIRIE

Pièces en un acte.

Titre	H	F	Prix	
Agence Matrimoniale, comédie	2	2	2	»
Anglais tel qu'on le parle (L'), comédie	6	2	2	»
Arriviste (Un), comédie	4	2	2	»
Au bout du fil, comédie	2	1	2	»
Avancement, (L') comédie	1	1	2	»
Beau Mariage (Un), comédie	2	2	2	»
Bisbis de ménage, comédie	1	2	2	»
Chance du Mari (La), comédie	4	1	2	»
Chauffeur (Le), comédie	5	1	2	»
Cher maître, comédie	2	5	2	»
Cinquante mille dollars, drame	2	2	2	»
Cœur à ses raisons (Le), comédie	2	2	2	»
Consultation de 1 à 3, comédie	1	1	2	»
Contre-appel, bouff. militaire	6	2	2	»
Coteaux du Médoc, (Les), comédie	2	1	2	»
Cousin riche (Le), comédie	3	3	2	»
Crabe (Le), 2 actes, comédie	7	5	2	»
Croix (Les), comédie	1	1	2	»
Depuis six mois, comédie	2	2	2	»
Dette et la dot (La), comédie	1	1	2	»
Double piège, comédie	2	2	2	»
English School, com.	1	1	2	»
Exploits de Lucienne (Les), comédie	1	1	2	»
Fait divers, com	1	2	2	»
Fée d'Alsace (La), pièce en vers	2	1	2	»
Fiançée du Cambrioleur (La), comédie	2	2	2	»
Foudroyé, comédie	2	2	2	»
Franches lippées, comédie	3	3	2	»
Frère (Un), com	4	2	2	»
Goberon, comédie	5	2	2	»
Grande Consultation, comédie	2	2	2	»
Gribouille, com	7	4	2	»
Guerre en pantoufles (La), comédie	1	1	2	»
Idée de Colette (L'), comédie	2	2	2	»
Jeu de l'amour et du bazar (Le), comédie	1	2	2	»
Je vais m'en aller, comédie	1	1	2	»
Joueur d'illusion (Le), comédie	3	3	2	»
Loïk, pièce en vers	3	1	2	»
Lune rousse, com	3	2	2	»
Madame Bigarot n'y tient pas, comédie	3	3	2	»
Madame et Monsieur, saynète	1	1	2	»
Margot, ferme la porte, comédie	2	1	2	»
Mariage à Londres (Un), comédie	3	3	2	»
Mariage d'amour, comédie	1	1	2	»
1807, comédie	4	3	2	»
Mon noyé, comédie	2	1	2	»
Notre candidat, comédie	1	2	2	»
Octave, comédie	4	1	2	»
Œil de verre, (L'), comédie	1	2	2	»
Ouarda, com	1	1	2	»
Par un jour de pluie, comédie	3	2	2	»
Passe temps de la Reine (Les), comédie	1	0	2	»
Péril jaune, comédie	2	2	2	»
Peur (La), comédie	4	2	2	»
Poulailler (Le), comédie	2	6	2	»
Pour son programme, comédie	1	3	2	»
Pour un rond de cuir, comédie	4	1	2	»
Prétexte (Le), comédie 2 actes	3	4	2	50
Quatorzième convive (Le), comédie	2	2	2	»
Recrue (La), comédie	4	1	2	»
Respect de l'Amour (Le), comédie	1	1	2	»
Rival pour rire, comédie	2	1	2	»
Rosalie, comédie	1	2	2	»
Seul!... enfin, comédie	1	1	2	»
Snobinette, comédie	2	1	2	»
Tante Octavie, comédie	3	3	2	50
Télémaque, com	2	2	2	»

Imprimerie Générale de Châtillon-sur-Seine. — Euvrard-Pichat.

www.ingramcontent.com/pod-product-compliance
Ingram Content Group UK Ltd.
Pitfield, Milton Keynes, MK11 3LW, UK
UKHW021531260726
13993UKWH00004B/1916

9 782329 196381